看故事學修辭 2

落敗的廚師

方淑莊　著

新雅文化事業有限公司
www.sunya.com.hk

看故事學修辭 ②

落敗的廚師

作　　者：方淑莊
插　　圖：靜宜
責任編輯：劉慧燕
美術設計：李成宇
出　　版：新雅文化事業有限公司
　　　　　香港英皇道 499 號北角工業大廈 18 樓
　　　　　電話：（852）2138 7998
　　　　　傳真：（852）2597 4003
　　　　　網址：http://www.sunya.com.hk
　　　　　電郵：marketing@sunya.com.hk
發　　行：香港聯合書刊物流有限公司
　　　　　香港新界大埔汀麗路 36 號中華商務印刷大廈 3 字樓
　　　　　電話：（852）2150 2100
　　　　　傳真：（852）2407 3062
　　　　　電郵：info@suplogistics.com.hk
印　　刷：中華商務彩色印刷有限公司
　　　　　香港新界大埔汀麗路 36 號
版　　次：二〇一五年六月初版
　　　　　二〇二〇年九月第五次印刷

ISBN: 978-962-08-6350-9
© 2015 Sun Ya Publications (HK) Ltd.
18/F, North Point Industrial Building, 499 King's Road, Hong Kong
Published in Hong Kong
Printed in China

目錄

無論對學生還是家長來說，作文都是一件令人頭痛的事，原因是我們自小便沒有太多寫作的機會和訓練。但作文又是語文科最重要的部分，同學成績的高下，關鍵在於作文的表現，因為作文是語文能力的產出，看到一篇精彩的文章，老師大抵能相信學生在聽、說、讀方面的能力應該不會太差，因為「寫」是聽、說、讀三種能力的結合。

寫作需要天分，但也有一些具體的方法可以提升。方淑莊老師就用了一種非常有趣和特別的方法介紹不同的寫作手法和技巧，以增強文章的靈活性和趣味性。通常，坊間這類「工具書」都是較為生硬和沉悶的，但方老師創意無限，能巧妙地把這些手法故事化：在《看故

事學修辭》這套圖書中，透過沒記性的胖國王、南瓜村村長、西瓜村村長、小侍從亞福、飛飛將軍等可愛的人物和他們所發生的小故事，從中帶出「誇張」、「反語」、「借代」等修辭手法。方老師的故事妙趣橫生，學生便能在不知不覺間學習到各種修辭手法的好處。

　　方老師是個有趣的人，善於說故事，她說故事每每繪影繪聲，說笑話都令聽者前仰後合。和她相處是一種樂趣，看她的文章是一件賞心樂事。方老師一向重視啟發學生的創意，這本書用新穎的手法，實際的示範，把理論和實踐結合起來，是個很好的嘗試。

陳家偉博士
優才書院校長

序二

「結繩為治」是上古人類未有文字以前用作雛形記憶或朦朧法律的印記。文字是一個民族能否上接祖先教誨並學習其智慧，下啟歷史承傳，以至光大族羣，發揚國家文化精髓的紐帶；而修辭是文字得以流傳的主要推手，文學的純美、歷史之質樸、文化的厚重，全仗修辭和語法所帶來的瑰麗與規劃，令文字的流傳在不同的框架下變得多彩多姿，這是方淑莊老師撰寫《看故事學修辭》這套圖書的原因。

最近常在不同場合遇到不同界別的朋友，彼此不約而同的話題，都在探討香港學生的語文程度問題。誠然，自孩童時代培養語文能力的要素莫過於閱讀，而引起他們閱讀興趣的作品內容，不獨能引導莘莘學子於形而上的漫遊中探索現實社會的世道，更能從文學技巧、

修辭句飾中學習，反復在明喻、暗喻、借喻、對比、擬人、誇張等例子中，由陌生至熟稔，再至善用其法。這更是方淑莊老師出版這套圖書的主要原因。

修辭國饞嘴的胖國王雖然往往詞不達意，甚至心不在焉地被周邊的人取笑為「傻國王」，但他往往留意對比，作為任用手下的標準；又關心受災的村民，並盡力協助他們渡過難關。不擅用詞的西瓜村村長固未能率領殷勤的村民取得每月大獎，他絕頂聰明的演繹表白得不到國王嘉許，未免不是他未懂運用修辭的「福氣」了！

楊永安博士
香港大學中文學院副教授

小時候，我很怕學修辭，總覺得它枯燥乏味。對求學時的我來說，學習修辭只有一個要訣：背誦。每學到一種修辭格，我會先背誦其本義，再從書本中找來一些句子，然後牢牢記住。考試前幾天，媽媽總拿着課本，逐一考我，「什麼是比喻？」「什麼是借代？」我當然不負所望，有如「唸口簧」般，一字不漏地背誦出來。說來容易，卻是吃下不少苦頭。

修辭在語文教學中佔重要的一環，讀說聽寫都離不開修辭，而當中它與寫作的關係最大。在文章中恰當地運用不同的修辭，能修飾文句，提高表達效果，讓文章呈現出一種動人的魅力，引起讀者閱讀的興趣。學習修辭非常重要，這是毋庸置疑的，可是要讓孩子輕鬆地學會修辭，絕非易事，但這正是我的目標。

坊間有關修辭的參考書多不勝數，但多以「講解」、「辨識」為主，對小學生來說，未必適合，而盲目的操練更是事倍功半。長此下去，修辭跟生活的距離只會越來越遠，變得越來越乏味。要孩子輕鬆地學習那些既複雜又抽象的修辭格，我認為讀故事是最好的方法。本系列兩冊圖書，共以十個圍繞着胖國王的故事，深入淺出地介紹十個常見的修辭格，通過生動、有趣的情節，讓孩子能寓學習於娛樂，輕鬆地學習各修辭的本義、用法，並從中感受其帶來的效果，書中更附設適量的練習，以鞏固所學。希望小讀者會喜歡書中每一個故事，讓學習修辭變得更有趣味。

方淑莊

對比的故事

落敗的廚師

　　胖國王要招聘新廚師，吸引了很多人來應徵，經過多番的篩選①後，就只剩下了亞丁和亞軒，他們煮出來的餸菜都色香味俱全，實在難分高下，於是胖國王打算來一次終極的比試，吩咐兩人各煮一盤海鮮意粉，誓要選出一位最佳的人選。

　　胖國王一向對吃這回事非常講究，除了食物的味道，他也很重視食材的質素、廚師

釋詞　① 篩選：指以淘汰的方法來挑選。

的態度，還有廚房的衛生。所以他故意讓亞丁和亞軒分別在不同的廚房裏工作，並暗中觀察整個比試的過程。

「叮叮叮……」比試的時限到了，亞丁和亞軒各自捧着自己的菜式出來，放在餐桌

上，胖國王迫不及待吩咐侍從呈上食物。他先品嘗亞丁煮的意粉，「味道好極了！簡直是人間極品！」他眉飛色舞地說。然後，他再吃亞軒的意粉，「味道也不錯。」他點點頭說道。從國王說話的神情和語氣看來，亞丁做的意粉，一定比亞軒的優勝多了。

亞丁和亞軒也有注意到國王的反應，對於這次比試的勝負早已心裏有數。亞丁一心以為自己能勝出，心情非常興奮，意氣風發①；亞軒認為自己已落敗，心情很是低落，垂頭喪氣②。經過一番討論後，胖國王命總廚來宣讀比試結果，「這次比試的勝出者是亞軒，你將成為胖國王的御用廚師！」

釋詞 ① 意氣風發：形容精神振奮，氣概豪邁。
② 垂頭喪氣：形容失落和失望的樣子。

這個令人意想不到的賽果當然令亞丁很不服氣，他深深不忿地說：「明明是我做的海鮮意粉比他的出色，為何勝出的不是我？」

　　總廚只好解釋說：「沒錯！你煮的意粉味道確實是比亞軒的好，可是我們覺得你工作時不太專心，煮食的習慣不太好，你把廚房都弄髒了……」他的話還沒說完，亞丁就

急忙回應：「這也不代表亞軒比我能幹，能勝任御廚一職，我不服氣！」

總廚的答案未能讓亞丁釋懷，因為亞丁覺得自己雖有缺點，但還是比亞軒優勝。

這時，胖國王從口袋裏拿出一本小筆記本，他命人交給亞丁，筆記本裏面記錄了他們二人比試期間的情況。他要亞丁把筆記本裏的內容朗讀出來，亞丁只好翻開筆記，大聲地讀出內容：

「準備材料

時，亞丁隨意從木桶裏挑了一尾魚，魚兒看起來沒精打采，不太新鮮；亞軒則小心翼翼地從木桶裏挑了一尾魚，魚兒活蹦亂跳，非常新鮮。」

「煮菜時，亞丁心不在焉，只顧跟助手談天說地；亞軒則全神貫注，專心為意粉調味。」

「煮菜後，亞丁把刀和鍋鏟兒隨處亂放，廚房裏亂七八糟；亞軒則把用過的刀和鍋鏟兒放回原處，廚房裏乾淨整齊。」

　　說到這兒，亞丁茅塞頓開①，他終於明白了自己落敗的原因。胖國王把他和亞軒準備材料、煮菜的過程，以及廚房的衞生情況都清楚記錄下來，形成了一個強烈的對比，亞丁心悅誠服，確信亞軒比自己優勝，更適合擔任御廚一職，便默默地離開王宮了。

釋詞　①**茅塞頓開**：形容思想忽然開竅，立刻明白了某個道理。

修辭小教室

故事中，總廚只是說出了亞丁在比試過程中做得不好的地方，令亞丁很不服氣；幸好胖國王把亞丁和亞軒的比試表現作了一個鮮明的對比，才讓亞丁清楚知道亞軒的確比自己優勝，這運用的正是對比手法。

什麼是「對比」？

對比又叫對照，是把兩種相對立的事物或同一事物的對立面放在一起，互相比較。

「對比」有哪些類別？

對比可分為兩個類別，一是兩個事物作對照；二是一個事物的兩面作對照。

運用「對比」有什麼好處？

對比有助引導讀者觀察事物的特徵，從而辨別事物的是非、對錯，令事物有鮮明的對照。

修辭練習

一、在故事中，胖國王把亞丁和亞軒的比試表現作了一個對比，你能找出當中哪些詞語或句子使用了對比的手法嗎？請把正確答案寫在橫線上。

1. 「準備材料時，亞丁隨意從木桶裏挑了一尾魚，魚兒看起來沒精打采，不太新鮮；亞軒則小心翼翼地從木桶裏挑了一尾魚，魚兒活蹦亂跳，非常新鮮。」

   隨意 —— _____

   沒精打采 —— _____

   不太新鮮 —— _____

2. 「煮菜時，亞丁心不在焉，只顧跟助手談天說地；亞軒則全神貫注，專心為意粉調味。」

   心不在焉 —— _____

3. 「煮菜後，亞丁把刀和鍋鏟兒隨處亂放，廚房裏亂七八糟；亞軒則把用過的刀和鍋鏟兒放回原處，廚房裏乾淨整齊。」

隨處亂放 —— ＿＿＿＿＿＿＿＿＿

亂七八糟 —— ＿＿＿＿＿＿＿＿＿

二、根據句子的意思，運用對比手法來續寫。

例：亞丁一心以為自己能勝出，心情非常興奮，意氣風
　　發；亞軒認為自己已落敗，心情很是低落，垂頭喪
　　氣。

1. 香港是個文明的城市，想不到還有這個 ＿＿＿＿＿＿
　 的小農村。

2. 他們雖然是兄弟，性格卻很不同；一個活潑，一個
　 ＿＿＿＿＿＿。

3. 幾個小孩子來到了，平靜的公園變得 ＿＿＿＿＿＿ 起
　 來。

4. 這城市的溫差很大，早上天氣炎熱，晚上就變得
　 ＿＿＿＿＿＿。

反語 的故事
碰釘子的亞福

亞福剛從家鄉來到城市，在王宮裏當個小侍從，由於他為人老實，做事也勤快，所以被安排在胖國王身邊，照顧他的起居。

亞福覺得胖國王為人親切，但脾氣卻有點古怪。他對國王惟命是從[①]，任何事情都依足國王的吩咐，可是他總是碰釘子，他很擔心終有一天會被國王辭退。

有一次，亞福一大清早來到國王的睡房，敬個禮，便輕聲問：「國王，要吃點什麼早餐？」國王想了想答道：「我的肚子餓

對比

反語

暗喻

借喻

借代

極了！馬上要廚師煮來烤羊架，十分鐘之內就要送來。」亞福有點猶豫^②，說：「十分鐘時間太短了，恐怕來不及呢！」國王急躁回應道：「你按我的吩咐直說，告訴廚師十

釋詞　① 惟命是從：絕對服從。
　　　　② 猶豫：拿不定主意。

分鐘之內完成，來不及的話，就什麼都不要做，統統給我回家去吧！」

亞福覺得莫名其妙，但還是按指示去做，他走到廚房，跟其中一個廚師說：「國王請你們做個烤羊架，他說希望你們可以在十分鐘之內完成，如果來不及的話也沒關係，你們可以什麼也不用做，回家休息一下。」總廚知道十分鐘內一定不能把羊架烤熟，便吩咐其他廚師回家去了。

國王餓壞了，便問亞福：「你有沒有向廚師傳話？」還未等到他的回應，自己便怒氣沖沖地走到廚房，一看！發現廚房空空的，一個人也沒有，他知道這一定是亞福做的好事，差點兒氣昏過去了。

又有一次，國王的心情不太好，整天都躲在房間裏。他不想接見大臣，也不想與人

說話，只是看着他的小寵物——小八哥。

小八哥拍拍翅膀，鼓起小臉，樣子有趣極了。國王用手指逗着牠的尖嘴巴，溫柔地說：「小八哥啊，小八哥，你總是在我心情糟透的時候做出趣怪的表情，讓我哭笑不得，真是隻討厭鬼！」說罷，便去午睡了。

聰明的亞福當然不會明白國王話裏的意思，聽到國王的話，他頓時恍然大悟①似的，自言自語地說：「噢！原來是因為這隻小八哥，把國王氣壞了。」他趁國王睡着的時候，悄悄地走到小八哥的旁邊，把鳥籠的門兒打開了。他抱着小八哥，低聲地說：「可憐的小鳥，國王討厭你了！雖然我不知道原因，但是他生氣了一整天，不吃、不喝、不說話，

釋詞 ① 恍然大悟：忽然醒悟、明白了。

23

只說你是討厭鬼，你還是趁他睡覺時遠走高飛，別讓他再傷心了。保重啊……可憐的小鳥……」

亞福站在窗前，含着淚，揮着手，看到小八哥越飛越遠，心裏也很難過，但為了國王的健康着想，只好忍痛把小八哥放走。

國王睡醒了，拿着飼料去餵小八哥，卻發現鳥籠的門兒給打開了，小八哥更不知所終。他焦急地向亞福問個究竟，亞福只好把事情和盤托出①。國王這次可憤怒了，他命人替亞福收拾好行裝，想把他趕出王宮。

國王生氣得臉都紅了，對亞福說：「是我哪裏修來的福氣，遇上你這個聰明絕頂的侍從？先是把廚師請走，現在又把小八哥放

釋詞　① 和盤托出：把全部說出來、拿出來，毫無保留。

走了。要你當個小侍從，實在是浪費了你這麼一個人才，你還是走吧！」

這時，只見亞福感動得熱淚盈眶，抱着國王的腳說：「多謝國王的賞識，你是世上第一個稱讚我為人才的人。我把廚師請走，把小八哥放走都算不上什麼偉大的事，國王言重了。小人有幸遇上你這個伯樂^①，我發誓以後也要留在你身邊，寸步不離，好好服侍你。」

聽到亞福要寸步不離地服侍他，這次，胖國王真的昏倒了。

修辭小教室

笨亞福不知道胖國王在說話時運用了反語，於是把廚師請走，又把小八哥鳥放走，令胖國王生氣極了。

什麼是「反語」？

反語就是使用與本義相反的語句，表達本義，即說反話，故又稱為「反話」。一般用於諷刺、幽默的時候。運用反語時語意要明確，以避免讀者有誤解。

「反語」有哪些類別？

反語可分為兩個類別，一是反話正說；二是正話反說。

反話正說的例子：

*是我哪裏修來的**福氣**，遇上你這個**聰明絕頂**的侍從？*
其實，胖國王說的「福氣」是指「倒霉」，「聰明絕頂」是指「愚蠢」。

正話反說的例子：

*小八哥啊，小八哥，你總是在我心情糟透的時候做出趣怪的表情，讓我哭笑不得，真是隻**討厭鬼**！*

「討厭鬼」是貶義詞，在這裏有喜歡的意思。

運用「反語」有什麼好處？

反語的作用是增強文章的感染力，表達出深刻的思想和強烈的感情，引人深思。能正確地運用反語，可使說話表達得更深刻、更有力、更有趣，有時比從正面說更有說服力。

修辭練習

一、在故事中，胖國王說了很多反語，請你根據他的話，
　　辨別以下內容是否正確，對的請在方格內加 ✓，錯
　　的加 ✗。

1. 胖國王覺得亞福很聰明。 　　　　　　　　　　□

2. 胖國王很喜歡小八哥鳥。 　　　　　　　　　　□

3. 胖國王覺得廚師不能在十分鐘之內呈上烤
　 羊架也沒關係。 　　　　　　　　　　　　　□

4. 胖國王覺得要亞福當個小侍從，是浪費了
　 人才。 　　　　　　　　　　　　　　　　　□

二、以下哪些句子運用了反語，請在方格內加 ✓，沒有
　　的加 ✗。

1. 這個人壞事做盡，無惡不作，可真是社會
　　的棟樑！ ⬜

2. 你真了不起！竟然把問題全部答錯！ ⬜

3. 他樂於助人，經常參與義務工作，真有愛
　　心！ ⬜

4. 這個人做事很勤快，花了好幾天還未把事
　　情做好。 ⬜

暗喻 的故事
亞摩是個魔術師

　　記得幾年前，修辭國還是一個落後的國家，人民的生活簡樸，日出而作，日入而息。為了讓國家有更好的發展，胖國王委派了大臣亞摩到國外留學，學習新科技。每年亞摩都會回國一次探望胖國王，順道為他帶來一些新事物。

　　有一次，亞摩帶着三個新奇的玩意來到王宮，胖國王表現得非常雀躍，看到這些新事物，他變成了一個好奇的小孩子，逐一拿起來細看。「這是什麼？這是什麼？」胖國

王問個不停。「這是鬧鐘，可以提示你何時要起牀；這是手電筒，可以用來照明；這是指南針，可以用來指示方向。」亞摩耐心地為他解答。

　　但由於這些都是胖國王從來沒有見過的東西，所以他很快又忘記了它們的名字和功用。國王拿起鬧鐘，問：「這個圓圓的小東西，怎樣用來指示方向？」他把鬧鐘上的時針和分針撥來撥去，差點兒把鬧鐘弄壞了。亞摩知道即使自己再怎樣解釋，胖國王也不能記住他的話。他想了想，想到了一個好辦法：只要我把它們都變成胖國王熟悉的東西，胖國王就一定可以記住。

　　亞摩先拿起鬧鐘，說：「國王，鬧鐘是一隻公雞，每天準時為你報曉[①]，你不怕睡過頭了。」胖國王按一下鬧鐘的按鈕，鬧鐘「鈴鈴」響起，胖國王感到很興奮，笑說：「哈哈！這隻公雞嗓子[②]疼，啼叫的聲音真古怪！」

　　然後，亞摩再拿起手電筒，說：「國

王，手電筒是一顆夜明珠，能在黑暗中發出光芒，即使陰天、晚上也不怕。」胖國王命人用布遮蓋着窗戶，擋着外面猛烈的陽光，王宮馬上變得黑漆漆的，他按一按手電筒上

釋詞　① **報曉**：報，告訴；曉，天剛亮的時候。即用聲音使人知道天已經亮了。

② **嗓子**：喉嚨。

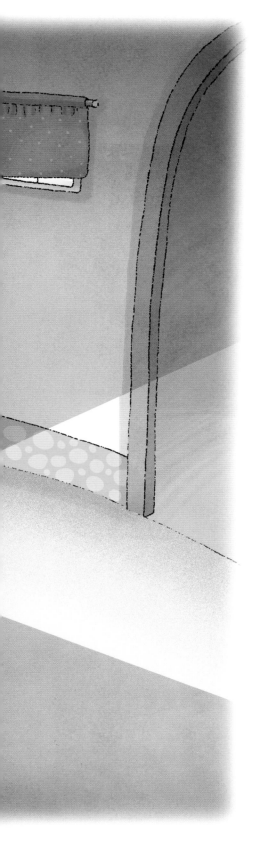

的開關，手電筒立刻發出強烈的光，把整個王宮都照亮了，他看看桌子上的夜明珠，不禁笑道：「厲害！厲害！這個小東西把這顆珍貴的夜明珠都比下去了。」

最後，亞摩拿起了指南針，說：「國王，指南針是北斗七星，助你辨別方向。」亞摩把指南針轉了幾個圈，那磁石指針依然指着南方，胖國王覺得它神奇極了，高興地說：「有了指南針，從早到晚都可以找到方向了！」

胖國王很喜歡這三個新

對比

反語

暗喻

借喻

借代

玩意，同時非常感謝亞摩為他作了一個清楚的介紹：「鬧鐘是一隻公雞；手電筒是一顆夜明珠；指南針是北斗七星。」相信胖國王永遠也不會忘記它們的名字和用途了。他命人為亞摩準備了一份名貴的禮物，並說：「亞摩，你是一個魔術師，總是為我變出一些難以想像的新事物，這是你應得的獎賞。」

修辭小教室

　　亞摩真聰明，能夠把那些新玩意想像成胖國王熟悉的東西，讓胖國王清楚記住了。文中「鬧鐘是一隻公雞，每天準時為你報曉。」就是暗喻句了。

什麼是「暗喻」？

　　暗喻是比喻的一種，是把喻體和本體說成同一樣東西，也即是「甲是乙」的結構方式。暗喻跟明喻一樣，句子分為本體、喻詞和喻體三個部分，但它的喻詞卻有所不同，常見為「是」、「就是」、「等於」。

例子：

鬧鐘　是　一隻公雞，每天準時為你報曉。
本體　喻詞　　喻體

喻體是怎樣想出來的？

　　我們在《看故事學修辭 ①》（第 20 頁）已經學習過，現在讓我們再重溫一次吧！

1. 要想出一個適合的喻體，必須選用人們熟悉的事物，
   這樣才能把抽象的事物變得具體。
2. 要找出事物之間的共通點，即是相似的地方，可以是
   在外型上，也可以是功能、性質等方面。

運用「暗喻」有什麼好處？

　　暗喻是比喻的一種。運用比喻來描寫事物，可以把
抽象的事物變得具體，把深奧的道理變得淺顯，令事物
形象鮮明生動，有助加深讀者的印象，使人易於理解。

一、故事中有很多暗喻句，你能把它們找出來嗎？記住把本體和喻體的共通點找出來啊！

1. 鬧鐘是 ＿＿＿＿＿＿＿＿＿＿＿＿＿＿＿＿＿＿

＿＿＿＿＿＿＿＿＿＿＿＿＿＿＿＿＿＿＿＿。

2. 手電筒是 ＿＿＿＿＿＿＿＿＿＿＿＿＿＿＿＿

＿＿＿＿＿＿＿＿＿＿＿＿＿＿＿＿＿＿＿＿。

3. 指南針是 ＿＿＿＿＿＿＿＿＿＿＿＿＿＿＿＿

＿＿＿＿＿＿＿＿＿＿＿＿＿＿＿＿＿＿＿。

4. 亞摩，你是 ＿＿＿＿＿＿＿＿＿＿＿＿＿＿＿

＿＿＿＿＿＿＿＿＿＿＿＿＿＿＿＿＿＿＿。

二、我們在《看故事學修辭 ①》的故事《救救胖國王》
裏學過「明喻」，你能分辨以下的句子是明喻句還
是暗喻句嗎？

1. 春天是個大畫家，為大地塗上不同　　（ 明喻 / 暗喻 ）
  的色彩。

2. 飛機如一隻小鳥，自由自在地在天　　（ 明喻 / 暗喻 ）
  空飛翔。

3. 太陽是個大火爐，為人們帶來溫　　（ 明喻 / 暗喻 ）
  暖。

4. 街道上的遊人多得像成千上萬的螞　　（ 明喻 / 暗喻 ）
  蟻。

5. 木棉樹長得高大、筆直，就像一個　　（ 明喻 / 暗喻 ）
  英勇的武士。

6. 他是一尾飛魚，游泳的速度很快。　　（ 明喻 / 暗喻 ）

借喻 的故事
亞瑟的密函

對比

反語

暗喻

借喻

借代

近日，胖國王收到一封來自蜜瓜村村民的投訴信，表示村裏的治安越來越差，有兩個流氓經常搶掠村民的財產，雖然他們已經向村長反映，但情況也沒有改善，他們走投無路，只好求助於胖國王，在信中還附上兩個流氓的畫像

及名字。他們一個長得瘦瘦矮矮，走路時左搖右擺的，名字叫阿不；另一個長得胖胖矮矮，伴有一個大肚子的，名字叫阿良。

胖國王一向重視國家的治安，絕對不會容忍這類事件發生，於是他秘密地委派亞瑟去暗中調查，希望儘快了解事件。為了不要打草驚蛇①，亞瑟喬裝②成一個農場主人，搬到蜜瓜村居住，待搜集到證據後，便馬上派人送信給胖國王，好讓國王派人把他們緝拿歸案③。

一天早上，亞瑟假裝到市場買菜，他東逛逛，西走走，一看到阿不和阿良出現，便立即緊隨其後，觀察他們的行為。亞瑟看見

釋詞
① 打草驚蛇：在採取行動時透露了風聲，驚動了對方。
② 喬裝：改換服裝以隱瞞自己的身分。
③ 緝拿歸案：捉拿犯罪的人。

阿不走進一間水果店，隨手就拿起一個蘋果咬了一口，離開時還捧着一大籃葡萄，老伯伯店主看到他兇惡的樣子，嚇得不敢作聲，只是站在一旁，沒有阻止。然後，亞瑟又看到阿良走到一個賣菜的攤檔向看顧攤檔的老婆婆要吃的，老婆婆不肯，他就把攤檔的蔬菜都翻倒和踏壞了，老婆婆傷心得哭了起來。

看到阿不和阿良的惡行，亞瑟覺得很生氣，便寫了一封密函，託助手小毛交到王宮去。可是，小毛在途中遇上了阿不和阿良，他們見小毛神色緊張，便一手把信搶過來，大聲地問：「你要到哪裏去？」小毛回應：「我……我替農場主人寄信去。」眼看阿不正要把信打開，小毛嚇得面色蒼白，合着眼睛不敢正視，心想：這次糟糕了，事情一定

會被識破！

怎料，阿不和阿良看過信後，竟然把信交還小毛。小毛馬上跑到王宮，把信交給胖國王。信的內容是這樣的：

今天早上，小鴨子偷吃了一個蘋果，還要了一大籃葡萄；大胖豬找不到食物，竟把蔬菜倒翻，還把地上的都踏壞了。請你快派人來幫忙！

農場主人亞瑟上

國王一看便明白了，立即命人把阿不和阿良抓回來。原來亞瑟早就想到了這個好辦法，他怕消息洩漏，於是決定不直接把阿不和阿良的名字寫出來，但為了讓胖國王知道

他們的惡行，便用跟他們樣子相關的事物來代替他們的名字，阿不長得瘦瘦矮矮，走路時左搖右擺的，好像一隻小鴨子；阿良長得胖胖矮矮的，伴有一個大肚子，就像一隻大胖豬。這樣，即使被人看到信的內容，也只會以為他在說農場裏的事。

最後，小鴨子和大胖豬被困在牢獄中，蜜瓜村又回復以前的繁榮安定了。

對比

反語

暗喻

借喻

借代

修辭小教室

聰明的亞瑟在密函中運用了借喻，計劃才不致被人識破，並成功通知胖國王派人來幫忙，把阿不和阿良繩之於法，蜜瓜村又回復以前的太平了。

什麼是「借喻」？

借喻是比喻的一種，句子沒有喻詞，也不把本體說出來，只是直接用喻體來代替本體，即是以甲代替乙。而想出喻體的方法跟明喻和暗喻一樣。

故事中使用借喻的例子：

本體	喻體	共通點
阿不	小鴨子	長得瘦瘦矮矮，走路時左搖右擺
阿良	大胖豬	長得胖胖矮矮，伴有一個大肚子

運用「借喻」有什麼好處？

借喻是比喻的一種。運用比喻來描寫事物，可以把抽象的事物變得具體，把深奧的道理變得淺顯，令事物

形象鮮明生動，有助加深讀者的印象，使人易於理解。
此外，由於借喻較為精煉含蓄，所以語言更為簡潔，也
更能啟發讀者的想像力。

一、你能為下列的事物想出一個喻體嗎?請參照圖畫,
在空格內畫出喻體,然後在橫線上完成借喻句。

1.

這羣 _____ 在課室裏跑來跑去。

2.
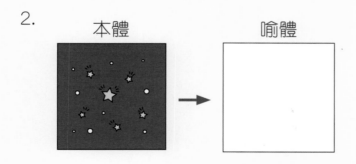

天色漸暗,夜空中的 _____ 越來越多
了。

二、比喻包括明喻、暗喻和借喻，你能把它們辨別出來
　　嗎？請看看以下的句子運用了哪種比喻手法，把正
　　確答案圈起來。

1. 月亮像一個潔白的大玉盤。　　　（ 明喻 / 暗喻 / 借喻 ）

2. 自從這次爭吵後，我們之　　　　（ 明喻 / 暗喻 / 借喻 ）
　　間就有了一道厚厚的牆。

3. 老師是一個農夫，我們就　　　　（ 明喻 / 暗喻 / 借喻 ）
　　是許多的小種子。

4. 這個老狐狸詭計多端，已　　　　（ 明喻 / 暗喻 / 借喻 ）
　　欺騙了很多無知的市民。

對比

反語

暗喻

借喻

借代

借代 的故事
沒記性的國王

饞嘴的胖國王經常亂吃一通，最近就因為不小心吃了一顆毒蘑菇，染上了一種奇怪的病。他身體沒什麼大礙，只是記性變差了，總是忘記別人的名字。大臣剛向他說過自己的名字，轉個頭來，他又忘記了。

王宮裏的御醫告訴國王，只要待他體內的毒素慢慢消退，病就會好了。可是，過程要花上好幾個月的時間。這對於國務繁忙的胖國王來說，可真是件麻煩事。

自從國王得病後，國家的要務遲遲未能

解決。在每次的會議上，他總是忙着問：
「你是誰？你是誰？」結果，花上了好幾個
小時，還是沒法把要討論的事項弄清楚，大
臣們都累透了。

　　「這樣下去不行啊！」胖國王指着桌
上厚厚的文件，自怨自艾①地說。他命大臣
們儘快想出解決的辦法，各人紛紛出謀獻
策。

　　有人提議給胖國王一本印有各大臣照片
的名冊，讓他看着來辨認。在會議上，飛飛
將軍提出了一個很好的提議，國王很想邀請
他詳細講解一下，於是國王拿着一個放大
鏡，細心地查看每一張相片。「這個不是
⋯⋯這個不是⋯⋯這個又不是⋯⋯」國王開

對比 反語 暗喻 借喻 借代

釋詞　① 自怨自艾：悔恨自己的過錯。

55

御醫

始有點不耐煩。「原來是飛飛將軍！讓我找得好辛苦啊，請你再說說你的想法吧！」他花了十分鐘的時間，才能在名冊中找到飛飛將軍的相片。

會議終於完結了，國王往外一看，原來太陽已經下山了，可憐的國王跟大臣還未吃午飯呢！

「這個主意壞極了！我的眼睛累得幾乎睜不開，明天要改用一個更快捷的方法。」國王煩躁地說。

看到國王生氣的樣子，大臣們只好用另一個辦法。這就是給大臣每人一個編號，讓國王只記着數字，不用記名字。在會議剛開始的時候，這個方法頗奏效，國王很容易就記得他們了。

「一號先說，然後二號來補充。」國王

胸有成竹①地説。可是過了一會兒，當説話的人多了，大家都開始混亂。

「我是十一號。」一個大臣説。

「你不是十一號，我才是呢！」另一個大臣急忙回應。

「二十六號，你的建議很有趣，再説説看。」國王瞪着財政大臣説，但他把二十二號的財政大臣跟二十六號的交通大臣混淆了。

大家都被這些數字弄得頭昏腦脹，國王也只好暫停會議，讓各位回家休息。

「紅鼻子，這可算是歷史以來最失敗的會議，胖國王生氣極了！」飛飛將軍沒精打采地跟一個小士兵敍述了今天所發生的事。

紅鼻子是一個跟隨飛飛將軍的小士兵，他長得高高瘦瘦，有一張長長的臉兒，上面

對比

反語

暗喻

借喻

借代

有一個又紅又大的鼻子，他既聰明又善解人意，深得將軍的喜愛，也是將軍最投緣②的好伙伴。他耐心地聽着，不一會兒便想出了一個好辦法。他對將軍說：「你還記得我叫紅鼻子的原因嗎？」

釋詞　① 胸有成竹：比喻做事之前已有周詳的考慮，因而信心十足。
　　　② 投緣：合得來。

飛飛將軍記得這是修辭國軍隊的傳統，由於打仗時兵荒馬亂①，士兵人數眾多，為了讓他們更容易認出隊友，他們都會以自己身上的特徵來起一個名字，「紅鼻子」這個名字也就是這樣產生的。

釋詞　　① 兵荒馬亂：戰爭時，社會動盪不安。

　　飛飛將軍覺得這個辦法可以幫助胖國王，到了第二天，他便迫不及待把這個方法告訴了國王。由於他時刻也佩帶着一把寶劍，所以他把自己稱呼為「寶劍」。

　　這個方法非常有效，國王不需要查看名冊，也不需要硬記着不同的編號。當他想指

定由哪位大臣發言時，只要看看他身上的特徵，便可說出代號。「高帽子」是戴着一頂高帽子的總廚；「大眼鏡」是架着一副大眼鏡的歷史學家；「小算盤」是捧着算盤的財政大臣；「大鬍子」是長有一把大鬍子的御醫……

今天的會議非常順利，堆積已久的國家要務也逐漸處理完成。胖國王摸着自己的肚子，高興地說：「今天，你們就稱呼我為大肚子吧！」說罷便哈哈大笑起來。

全靠飛飛將軍和「紅鼻子」小士兵想到這個好辦法，胖國王才能處理好囤積已久的政務。他用大臣身上的特徵來起名字，代替本名，這就是借代了。

什麼是「借代」？

借代是說到某種事物時，不直接說出本名，而借相關東西來代替，因此，多數為名詞。借代句包含了兩個基本結構。

本體：被替代的事物，在句子中不會出現。
借體：用來替代本體的事物。

本體與借體之間必須密切相關，借體要明確，也要有代表性。

故事中使用借代的例子：

本體	借體	相關性
小士兵	紅鼻子	小士兵有一個又紅又大的鼻子

對比

反語

暗喻

借喻

借代

「借代」有哪些類別？

就本體和借體的關係來說，借代可分為好幾種，最常見的是用事物的特徵或標誌來代替。

在前文的例子中，「紅鼻子」是小士兵臉上明顯的特徵，因此可以用來代替小士兵的名字。

運用「借代」有什麼好處？

借代的作用是要突出事物的特徵，啟發讀者的聯想；也可以令語言簡潔、風趣幽默、生動和形象化。

如何分辨「借代」和「借喻」？

借代和借喻看起來很相似，但其實用法很不一樣。在借代句和借喻句中，都是以乙事物來代替甲事物，而且本體不會出現，但甲和乙兩者之間的關係卻不相同。

借代：甲、乙是同一事物，是憑借了兩者的相關性。
借喻：甲、乙是不同的事物，是憑借了兩者的相似性。

所以，嘗試在甲、乙之間加上喻詞（像、好像），句子通順合理，令人明白的，就是借喻，否則就是借代。

一、請根據圖畫中各大臣的特徵，辨別他們的身分，寫在橫線上。

例：<u>飛飛將軍</u>

1. _____

2. _____

3. _____

二、你的外貌有什麼特徵呢？請在空格裏把自己的樣子
　　畫出來，然後在橫線上寫出一句相應的借代句。

例：

<u>大板牙捧着一個大西瓜，吃個不停。</u>

你的樣子：

```



```

_____

_____

三、你能辨別以下的句子是運用了借代，還是借喻嗎？
請把答案圈起來。

1. 大懶豬整天都在睡覺，連功課都　　（借代 / 借喻）
沒有做。

2. 午飯時間到了，餐廳裏擠滿了白　　（借代 / 借喻）
領子。

3. 這羣猴子把課室的桌椅推得東歪　　（借代 / 借喻）
西倒。

4. 這個白頭翁每天都會到公園下象　　（借代 / 借喻）
棋，風雨不改。

答案

《落敗的廚師》：（P.18 - P.19）

一、1. 小心翼翼；活蹦亂跳；非常新鮮

2. 全神貫注

3. 放回原處；乾淨整齊

二、1. 落後

2. 文靜

3. 熱鬧

4. 寒冷

《碰釘子的亞福》：（P.30 - P.31）

一、1. ✘　2. ✔　3. ✘　4. ✘

二、1. ✔　2. ✔　3. ✘　4. ✔

《亞摩是個魔術師》：（P.41 - P.42）

一、1. 一隻公雞，每天準時為你報曉

2. 一顆夜明珠，能在黑暗中發出光芒

3. 北斗七星，為你辨別方向

4. 一個魔術師，總是為我變出一些難以想像的新事物

二、1. 暗喻　2. 明喻　3. 暗喻　4. 明喻　5. 明喻　6. 暗喻

《亞瑟的密函》：（P.52 - P.53）

一、1. 小猴子

　　2. 答案合理便可，參考答案：燈火

二、1. 明喻　2. 借喻　3. 暗喻　4. 借喻

《沒記性的國王》：（P.65 - P.67）

一、1. 總廚

　　2. 財政大臣

　　3. 御醫

二、答案合理便可

三、1. 借喻　2. 借代　3. 借喻　4. 借代